정이삭 제1시집

무지개의 기억

정이삭의제1시집
무지개의 기억

초판 1쇄 2026년 01월10일

지은이 : 정이삭
펴낸이 : 이규종
펴낸곳 : 엘맨출판사

서울 마포구 토정로222
한국출판콘텐츠센타422-3
출판등록 제10-1562(1985. 10. 29)
Tel. 02-323-4060
Fax. 02-323-6416
이메일 elman1985@hanmail.net
홈페이지 www.elman.kr

값 13,500원
isbn 978-89-5515-822-9   03810
저자와 협의하여 인지를 생략함.

작가의 말

개척 12년의 새벽마다 강단을 적시는 새벽 이슬로 생명의 말씀을

받아 목마른 영혼을 적시며 지나온 광야의 시간속에서 새벽만나로

작은 그릇에 담아 양무리들과 벗들에게 나누던 무지개의 기억들

오늘 무지개의 기억속에 사랑의 흔적을 담았습니다.

천국의 순례자들의 여리고 언덕 갈릴리해변의 언덕 겟세마네 동산의

언덕 골고다의 언덕 길의 목마른 이들에게 광야의 삶의 지친이들에게

무지개의 기억 속에서 반석의 샘이 터져나오기를 바래 봅니다.

무지개의 기억을 위하여 수고하여 주신 나의 벗 최건실 목사님과

이규종 장로님과 진주같은 나의 동역자분들께 감사드리며, 추천의

글로 사랑과 격려로 축하해 주시고 무지개의 기억을 빛나게 하여 주신

존경하는 정성구 박사님. 권태진 박사님. 김향주 박사님께 진심으로

감사드립니다

목양의 강단에서 2025.12 .12 새벽

추천의 글

『무지개의 기억』을 읽고서

정이삭의 〈무지개의 기억〉이라는 시집을 단숨에 읽었다. 이 시집은 그냥 시집이 아니고, 저자의 내면에 고이 간직한 신앙을 꽃다발처럼 묶었다. 그는 목사이면서 음악가이기도 하다. 그 둘이 모여서 마치 화음을 내듯이, 이 시에 그런 아름다움이 녹아 있다. 추천자는 이 시(詩)를 읽으면서 잔잔한 설교를 듣는 듯했다. 시(詩)란, 그 사람의 인격이요 삶이다. 정이삭의 시집에는, 그의 온화한 성품과 잔잔한 미소가 녹아 있다. 그런데 정 시인의 시적 영감은, 자신에게서 나온 것이 아니고, 하나님의 말씀, 곧 성경이라는 것을 매 시(詩) 마다 고백하고 있다. 이 점이 독특하다. 정이삭 시인은, 경북대학교에서 음악을 전공하고, 독일 도르트문트 국립음대에서 Ko-nzert Examen을 졸업하고 귀국했다. 그러나 주의 부르신 소명이 있어, 대한 신학대학원을 졸업하고, 교수 일과 담임으로 교회를 목양하고 있다. 특히 그는 교회음악 연구소를 운영하면서, 교회음악의 새 지평을 열어가고 있다. 그러니 이번 〈무지개의 기억〉이라는 시집은, 그의 신앙고백으로 시와 음악을 하나로 엮고 있다. 그래서 이 시인(詩人)은, 음악가이므로 본인이 작곡할 것이고, 아름다운 테너 보이스로 우리 앞에 나타나기를 기대한다. 앞으로 정이삭의 또 다른 시작과 창작곡을 기대하면서 강력히 추천 추천하는 바이다.

2025.12.25.

정성구 박사(전 총신대, 대신대 총장)

추천의 글

시집『무지개의 기억』추천사

정이삭 목사님의 첫 시집『무지개의 기억』은 노아의 홍수 후에 하늘을 아름답게 물들이고 보호를 약속하신 무지개를 떠올리게 해 제목부터 설레임이 있습니다. 시인은 배워서 되는 것이 아니라 하나님의 특별한 은총입니다. 정 목사님은 세상 학문에도 박식하고 지식, 열정을 넘어 음악가의 감성까지 가진 분이요, 부활절, 성탄절 칸타타는 물론 복음성가를 작사·작곡하시는 분으로서, 성경이 설교가 되고 설교가 시가 되고 그 시가 노래가 되어 성도들의 영적 성장을 이루게 하는 세계적인 분입니다. 진솔한 마음이 담겨진 한권의 시는 어두운 마음에 빛을 전해주고, 사막의 샘이 되어줄 것입니다. 모두가 필요로 하는 하나님의 종의 사명을 감당하는 정 목사님의 시집은, 시대 속에 소금과 빛으로의 역할을 하는 소중한 설교집이자 감성의 샘이 되어줄 것입니다. 초산이 더욱 설레이듯, 첫 시집 출간을 축하 드리며 모두가 함께 읽고 나누고 노래하며 원하는 시집이 되기를 소원하며 추천합니다.

2025.12.26.

시인·작사가 권 태 진 목사(군포제일교회 담임)

(사)한국기독인총연합회 이사장

목차

행복

세상을 정복한 이도 끝내 알게 되지요.

높은 자리에도 많은 것 속에도

참된 행복이 없다는 것을

행복은 멀리 있지 않아요.

자신의 마음을 다스리는 곳에서

피어납니다.

욕심을 내려놓고 주어진 것에 감사할 때

고요한 평안이 찾아옵니다.

주님,

세상을 이기려 애쓰지 않게 하시고,

제 자신을 이기는 사람이 되게 하소서.

높아지려 하기보다 겸손히 섬기게 하시고,

부족함을 찾기보다 주신 은혜에 감사하며

살게 하소서.

"주안에서 항상 기뻐하라.   내가 다시 말하노니

기뻐하라."

(빌립보서 4:4)

주님 음성

우리는 빠르게 달리는 시대에 삽니다.

모르는 것은 검색창에 묻고,

원하는 것은 손끝으로 부릅니다.

기다림은 사라지고 묵상은 잊혔으며,

기도마저 빠른 응답을 구하는 짧은 요청이 되어 갑니다.

그러나 주님은 말씀하십니다.

"잠시 멈추어 내 앞에 서라."

내 좁은 생각을 넘어 깊은 주의 뜻을 알게 하시고,

내 계획을 넘어 넓은 주의 길을 보게 하소서.

손쉬운 답이 아니라 기도 속

고요히 들리는 주의 음성 따라 살게 하소서.

내 안에 믿음을 심으시고,

그 믿음으로 오늘을 걸어가게 하소서.

"가만히 있어 내가 하나님 됨을 알지어다."

(시편 46:10)

속삭임

이미 이긴 자로 부르셨건만

나는 오늘도 애쓰며 흔들립니다.

그때마다 주님의 손길이

나를 멈추게 하고,

속삭이십니다.

두려워하지 마라,

내가 너와 함께한다.

거친 바람 앞에도

흔들리지 않게 하시고,

비 오는 날에도 주님의 품 안에 머물게 하소서.

주신 은혜로 하루는 감사로 채우며

내 걸음마다 주의 빛을 비추어 주옵소서.

"마음을 다해 주 너의 하나님을 사랑하라."
(신명기 6:5)

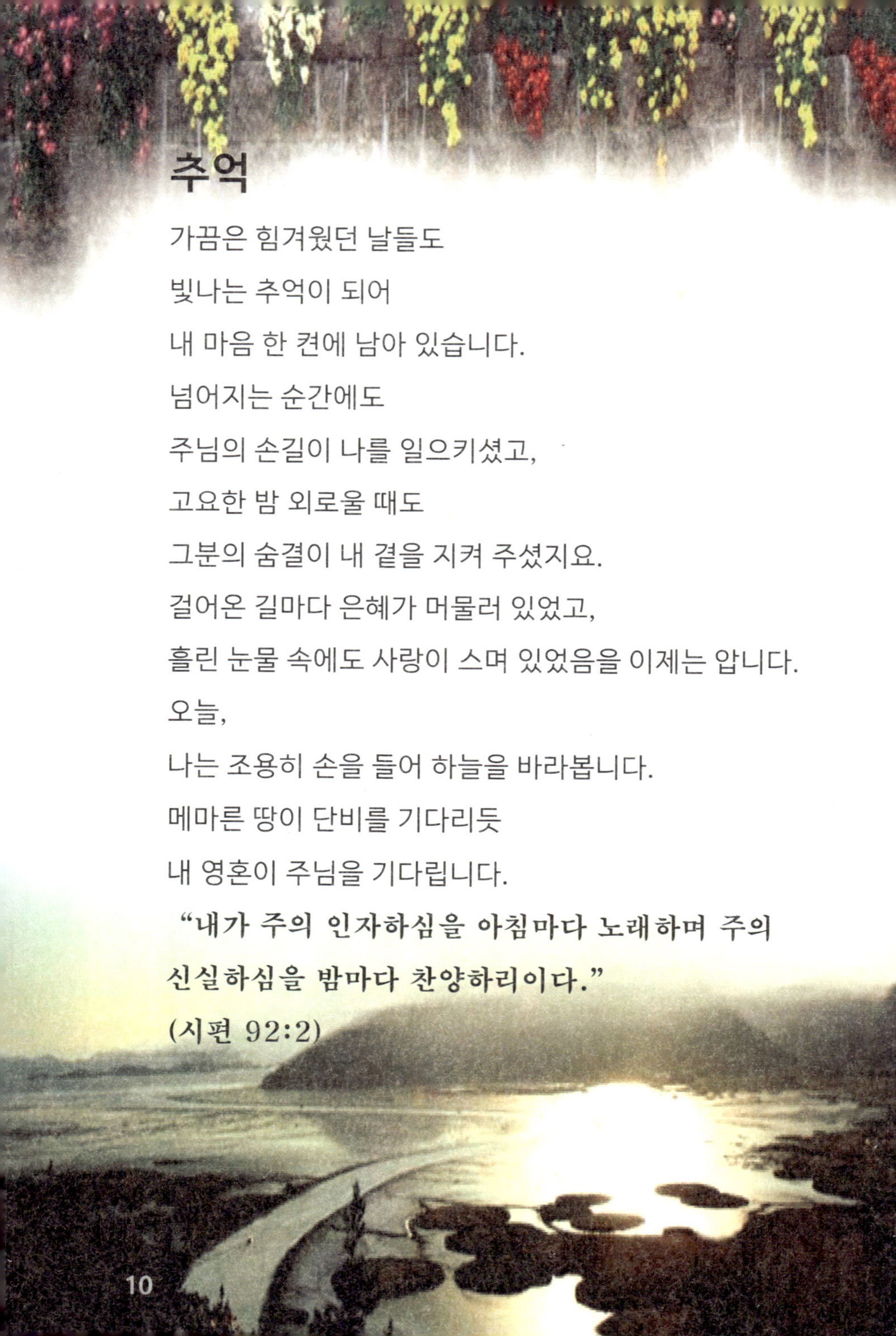

추억

가끔은 힘겨웠던 날들도

빛나는 추억이 되어

내 마음 한 켠에 남아 있습니다.

넘어지는 순간에도

주님의 손길이 나를 일으키셨고,

고요한 밤 외로울 때도

그분의 숨결이 내 곁을 지켜 주셨지요.

걸어온 길마다 은혜가 머물러 있었고,

흘린 눈물 속에도 사랑이 스며 있었음을 이제는 압니다.

오늘,

나는 조용히 손을 들어 하늘을 바라봅니다.

메마른 땅이 단비를 기다리듯

내 영혼이 주님을 기다립니다.

"내가 주의 인자하심을 아침마다 노래하며 주의 신실하심을 밤마다 찬양하리이다."

(시편 92:2)

겨울나무

꽃을 피우고 열매를 맺으려면
때로는 아름다움을 내려놓아야 한다.
나무가 잎사귀를 버려야
겨울을 견디듯,
우린 자아를 부인하고
십자가의 길을 걸어야만
진정한 생명이 열린다.
무화과 나무는 잎사귀만 무성하고,
열매는 없다.
겉모습에 집착하면
결국 아무것도 남지 않는다.
 "한 알의 밀도 땅에 떨어져야만 많은 열매를
맺는다."
(요한복음 12:24)

만남

어둠 속에서 나는 길을 잃고

눈물 속에서 나를 잊었다.

그리고 고통은 나를 부르셨고

그 자리에서 하나님을 만났다.

나는 연약 했으나 그분의 손이

나를 일으켰고,

절망 속에서 희망을 보게 하셨다.

삶이 영원하지 않음을 알게 될 때,

나는 더욱 사랑하고,

더욱 기도 하며 남은 날들을

감사로 채우리라.

"내가 고난 당한 것이 내게 유익이라 이로
말미암아 내가 주의 율례를 배우게 되었나이다."
(시편 119:71)

우리는

은혜는 새벽 이슬처럼 내리고

긍휼은 따뜻한 햇살처럼 감싸네.

자비는 깊은 강물 되어 흐르고

사랑은

끝없는 바다 되어 품네.

우리는

그 손길 아래 숨쉬며

믿음으로 길을 걷네.

넘어져도 다시 일으키시는 주님,

눈물마저도 닦아 주시는 주님.

　"나의 영혼아 여호와를 송축하며 그 모든 은택을

잊지 말지어다."

(시편 103:2)

손을 내밀 때

내가 손을 내밀 때
세상은 따뜻해지고,
내가 마음을 열 때
기쁨이 흘러넘친다.
나누는 손길 위에
빛이 머물고,
베푸는 마음속에
사랑이 자란다.
작은 섬김이 큰 기적으로 돌아오고,
진심 어린 사랑이 메마른
마음을 적신다.
"너희가 서로 사랑하면 내가 너희를 사랑한 것 같이
너희도 사랑하게 되리라."
(요한복음 13:34)

존재이유

세상에 발을 디딜 때,

남을 먼저 생각하는 마음이

내 존재의 이유를 깨닫게 해줍니다.

사랑을 나누는 그 순간,

내 안에 숨겨진 진정한 사랑을 알게 되지요.

어느 누구의 손길에 내 손을 내밀 때,

나는 하나님의 작은 도구가 되어

세상의 축복이 되기를 꿈꾸게 됩니다.

내가 나누고, 내가 사랑 할 때,

그 사랑은 결코 헛되지 않음을

시간이 지나 돌아보면 알게 되지요.

"서로 사랑하라, 내가 너희를 사랑한 것처럼."

그 작은 말이 내 마음 깊이 스며들어,

내 삶을 밝히는 빛이 되어 끝없이 퍼져 나갈 것입니다.

당신은 그 빛,

하나님의 손길로 세상을 밝혀가는 사람입니다.

"사랑하는 자여, 내가 진실로 말하노니, 내가 너를
사랑한 것처럼 너희도 서로 사랑하라. 그러면 너희
안에 내 기쁨이 가득할 것이다."
(요한복음 15:12~13)

선물

우리는 아직 죄인일 때,

하나님은 그 사랑을 보이셨다.

우리가 그를 알지도 못할 때,

그리스도께서

우리를 위하여 죽으셨다.

그 은혜는 우리가 받은 것이 아니라,

하나님의 크신 사랑으로 주어진 선물이다.

우리가 그를 찾기도 전에,

그 사랑은 이미 우리에게 다가왔다.

"우리가 아직 죄인일 때, 그리스도께서 우리를 위해
죽으심으로 하나님은 우리에게 그 큰 사랑을
보여주셨다."

(로마서 5:8)

평화의 향기

어둠이 내려앉아도

나는 빛을 바라보리라.

길이 보이지 않아도

주님의 손길을 따라 걸으리라.

용서는 강물처럼 흘러 상처를 씻고,

사랑으로 피어난 꽃은

평화의 향기를 퍼뜨리네.

믿음은 보이지 않는 다리를 놓고,

소망은 거친 바람 속에서도 자라난다.

세상이 등을 돌려도

주님의 희망은 빛을 잃지 않으리.

"너는 네 길을 여호와께 맡기라 그를 의지하면
그가 이루시리라."

(시편 37:5)

제자도

길이 보이지 않을 때에도

나는 두려움 없이 나아가리라.

거친 바람이 휘몰아쳐도

주님의 손길을

의지하며 걸으리라.

산을 넘고,

강을 지나

끝없는 길 위에 서 있어도

나를 부르시는

하나님의 음성을 따라

담대히 전진 하리라.

"너희 하나님 여호와께서 너희와 함께 가시며 너희를 위하여 싸우고 너희를 구원하실 것이라."

(신명기 20:4)

지금 이 순간

시간은 지나가는 바람처럼,

언제 끝날지 모르는 여정 속에,

우리가 가진 지금 이 순간,

가장 소중한 시간이기에

내일로 미루지 말고,

오늘을 살라.

어제는 지나가고

내일은 오지 않으니,

지금, 여기에서 최선을 다해,

주님을 향한 마음으로 나아가리라.

세월은 빠르게 흘러가고,

우리의 날은 셈할 수 없으니,

하루하루 어떻게 살아갈지,

지혜로운 마음을 주시옵소서.

"하나님, 저희의 나날을 보시고, 하루하루를 지혜로
채우게 하시며, 주님의 뜻 안에서 살아가게 하소서."

(시편 39:4, 90:12)

사랑 안에서

사랑은 모든 것을 품고

사랑은 끝없는 바다처럼,

어떤 어려움도 넘을 수 있게 합니다.

그 사랑 안에서 살아갈 때,

마음은 평안을 찾고,

세상에 그 사랑을 나누게 됩니다.

사랑은 두려움을 없애고,

내일의 용기를 줍니다.

주님의 사랑이 내 안에서 흐르고,

그 흐름이 세상에 퍼져나가기를 기도합니다.

“하나님은 사랑이시라.”

(요한일서 4:8)

빛나게 하소서

해야 할 일을 미루다 보면

기회는 마른 꽃잎처럼 흩어지고,

책임은 저물어가는 노을 속에 스며듭니다.

하나님, 내가 머뭇거릴 때

바람이 꽃을 밀어 올리듯

나를 일으켜 세워 주소서.

해야 할 말이 있다면 이른 새벽 이슬처럼

맑게 흐르게 하시고,

지켜야 할 약속이 있다면 별빛처럼 흔들림 없이

빛나게 하소서.

두려움은 강물처럼 흘러보내고,

믿음으로 단단히 서서

오늘을 온전히 살게 하소서.

"네 하나님 여호와께 서원하거든 갚기를 더디하지 말라."

(신명기 23:21)

입맞춤

어둠이 깔린 밤,

은전 서른 닢이 손에 쥐어지고 마음은 무겁게

가라앉았다.

함께 빵을 나누던 손,

기적을 바라던 눈,

그 따뜻한 음성을 들었던 귀,

모두 뒤돌아서는 순간이었다.

겟세마네의 고요 속,

발자국 소리가 바람을 가르고

입맞춤 하나에 운명이 기울었다.

"네가 입맞춤으로 인자를 파느냐?"

그 음성이 가슴을 찔렀지만

이미 돌아설 길조차 없었다.

"그들은 은 삼십을 가지고 토기장이의 밭을 사서

나그네의 묘지를 삼았느니라."

(마태복음 7:7)

새 아침

어둠이 깊이 드리운 새벽,

무거운 돌문이 조용히

열리고 생명의 빛이 다시 떠올랐다.

눈물로 찾아온 여인들 앞에

천사의 음성이 들려오네,

"그가 여기 계시지 않고, 살아나셨느니라."

절망은 희망이 되고

슬픔은 기쁨이 되며

죽음은 생명이 되었다.

주님은 무덤을 이기시고

새로운 아침을 열어주셨다.

이제 우리 마음에도

부활의 빛이 비추리라.

"나는 부활이요 생명이니 나를 믿는 자는 죽어도

살겠고."

(요한복음 11:25)

핑계

예수 그리스도가 내 안에 계시지 않으면,

내 입에선 변명만 떠돌고,

나는 진실을 마주하기보다는

자기 합리화 덫에 갇히기 쉽습니다.

그러나

하나님은 그의 능력과, 신성을 모든 만물 속에

드러내셨습니다.

우리는 더 이상 핑계할 수 없습니다.

주님,

그리스도가 내 안에 계신다면,

이제 변명하지 않게 하시고,

진정한 회개와 순종의 길로 인도하소서.

“하나님의 보이지 아니하는 것들, 그의 영원하신
능력과 신성이 그가 만드신 만물에 분명히 보여
알려졌나니, 그러므로 그들이 핑계하지 못할지니라.”
(로마서 1:20)

지혜의 문

세상에 나쁜 경험은 없다.

그저 지나가는 길, 우리가 그 길을 걸으며 배워가는 것들,

힘든 순간,

견디기 어려운 시간들이 마치

나쁜 기억으로 남을지라도, 그 모든 것이 결국 우리 안에

성장의 씨앗을 심고 있음을 알게 된다.

그때는 감당할 수 없던 일들, 그때는 버거운 고통들이었지만,

그 모든 경험이 나를 더욱 강하게 하고

지혜의 문을 열어 주었음을 깨닫는다.

모든 순간이, 모든 경험이, 우리를 향한 하나님의 뜻임을

내가 겪은 모든 일이 더 나은 내가 되기 위한

과정이었음을 알게 된다.

이제는 두려움 없이 나아가리라, 그 경험 속에서 성장하는

삶을 살아가리라.

"젖을 먹는 자마다 어린아이니, 의의 말씀을 경험하지

못한 자요,

단단한 음식은 장성한 자의 것이니, 그들은 지각을

사용함으로 연단을 받아 선악을 분별하는 자들이니라."

(히브리서 5:13~14)

동과 서

사람들은 내가 잘한 것들을 잊고,

잘못한 것들만 기억합니다.

하지만 하나님은 다릅니다.

그분은 내 허물을 기억하지 않으시고,

나의 선한 일 들만을 간직하십니다.

내 젊은 시절의 죄와 실수들이

하나님의 인자하심으로 덮혀지고,

그분의 선하심 속에서 새롭게 기억됩니다.

하나님은 우리의 죄를 동이 서에서 먼 것처럼

멀리 보내시고, 아버지가

자식을 긍휼히 여기는 것처럼

우리도 긍휼히 여겨 주십니다.

"여호와여 내 젊음 시절의 죄와 허물을 기억하지

마시고, 주의 인자하심을 따라 주께서 나를 기억 하시되,

주의 선하심으로 하옵소서."

(시편 25:7)

마네킹

옷은 마네킹 위에 걸릴 때 자신을 자랑 합니다.

그러나 생명이 깃든 옷은

움직이는 사람 안에서 진짜 멋을 드러냅니다.

겉모습이 빛나는 것이 아니라

누군가의 걸음 속에, 누군가의 손끝에서

진심과 사랑이 번져갈 때 그 옷은 살아 숨 쉽니다.

내가 나를 자랑 할 때는 텅 빈 마네킹처럼 고요하지만

생명은 없습니다.

그러나 내가 주님을 더러 낼 때

내 삶은 걸어 다니는 찬송이 됩니다.

 "우리가 살아도 주를 위하여 살고 죽어도 주를 위하여

죽나니 그러므로 사나 죽으나 우리가 주의 것이로다."

(로마서 14:8)

나는 더 이상 나를 입지 않습니다.

나는 이제 부활하신

예수 그리스도를 입고 그분의 영광을 걷습니다.

무지개의 기억

좋은 기억을 간직하면,

삶은 늘 빛나고,

억울한 기억에 얽매이면

우리는 그 기억 속에서 살아가게 됩니다.

하나님께서 주신 기억은 어려움 속에서도

 희망을 잃지 않게 하시고,

폭우 속에서도 무지개를 기억하며,

그 약속을 믿고 견디게 하십니다.

고난 속에서도,

하나님의 신실한 언약을 기억하며,

그 약속을 믿고 오늘을 살아갑니다.

"무지개가 구름 속에 있을 때, 그것은 하나님과의

영원한 언약을 기억하는 표시입니다."

(창세기 9:16)

사랑의 품

하늘을 지으신 주님, 그 크고 위대한 손길로

끝없이 펼쳐진 하늘을 창조 하셨지만,

그분은 하늘보다 내 곁에 더 가까이 계십니다.

바다의 깊이와 광풍의 울부짖음 속에서도,

주님은 나의 방주가 되어

내가 흔들리지 않도록 굳건히 지켜 주십니다.

어둠 속에서도 빛이 되어 무엇 하나 두렵지 않게 하시며,

모든 폭풍우를 잠재우시는

그 사랑의 품안에서 나는 안전함을 찾습니다.

주님,

내 삶의 모든 순간을 이끄시며,

당신의 은혜로 내가 떠나지 않도록 늘 함께 하소서.

"하늘이 열리고 하나님께서 말씀 하시되 이는 내 사랑하는 아들이요 내 기뻐하는 자라 하시니라."

(마태복음 3:17)

부활

불이 불을 태울 수 없고, 물이 물을 적실 수 없듯,

죽음은 이미 죽은 자를 더 이상 죽일 수 없습니다.

그리스도께서 죄를 대신하여

단번에 죽으셨고,

그의 부활로 우리는

죄에 대해 죽고,

하나님 안에서 새롭게 살아갑니다.

이제 우리의 삶은 그리스도 안에서

그의 사랑 안에서 흐르며, 과거의 얽매임 없이

새로운 삶을 살아갑니다.

내 안에 그리스도께서 사시고,

그의 사랑으로 나를 변화시키며,

이 세상에서 나를 위해 자신을 버리신 그 분의 사랑을 믿고

새롭게 살아갑니다.

"그리스도께서 우리의 죄를 대신하여 죽으셨고, 그의 부활을 통해 우리는 하나님 안에서 살아가게 되었습니다."

그날 그날

내일의 괴로움을 미리 끌어오지 않게 하소서.

내일의 어려움은 내일 주어지고,

오늘은 오늘의 힘으로 살아가게 하소서.

하나님께서는 그날 그날

필요한 힘을 주시고,

우리는 오늘에 충실하며,

내일의 걱정을

미리하지 않게 하소서.

오늘 주어진 은혜로 오늘을 살아가게 하시고,

내일은 내일의 힘으로

그날의 괴로움을 이겨내게 하소서.

"내일을 걱정하지 말고, 오늘의 힘으로 살아가라"

(마태복음 6:34)

당신의 숨결

무지개는 약속을 기억하게 하고

바람은 당신의 임재를 느끼게 합니다.

고요한 날의 잎 새 스침에도 거센 날의 벼락같은 진동에도,

그 바람 속에는 늘 말없는 당신의 숨결이 있습니다.

환난이 몰아치는 날, 고통이 등을 치는 날에도

그 바람은 결코 혼자 오지 않았습니다.

두려움을 밀어내며 눈물 자리를 닦아내며

성령께서 함께 오셨습니다.

알 수 없는 길 앞에서도 무엇이라 설명 할 수 없어도

그저 바람을 느끼며 압니다.

주님,

당신은 지금도 내 곁에 계십니다.

"바람이 임의로 불매 네가 그 소리는 들어도 어디서 와서 어디로 가는지 알지 못하나니 성령으로 난 사람도 다 그러하니라."

(요한복음 3:8)

소중한 것들

소중한 것에 익숙해지면,

그 익숙함 속에서

그 가치를 잃게 됩니다.

말씀도,

기도도,

찬양도,

구원의 은혜와

 예수님의 보혈도

그렇게 자주 잊히는 소중한 것들입니다.

우리는 그 소중함을 당연하게 여기지만,

그 은혜를 기억하며 살아가야 합니다.

하나님께서 주신 은혜와 사랑을

잊지 않도록 늘 새기며

살아가게 하소서.

 "하나님의 말씀을 버리면, 우리는 그 은혜를 잃게

됩니다." (사무엘상 15:23)

새겨 주소서

지혜가 가리킨 길을

어리석은 자는 손가락만 바라보며,

진정한 길을 보지 못합니다.

우리는 눈에 보이는 것에

흔들리지만,

보이지 않는 진리가

우리를 이끕니다.

보이는 것은 잠깐,

보이지 않는 것은 영원하기에,

우리는 영원의 길을

따라가야 합니다.

하나님,

눈에 보이는 것에 속지 않게 하시고,

보이지 않는 영원한 진리를

우리 마음속에 새기게 하소서.

　"보이는 것은 잠시, 보이지 않는 것은 영원하다."

(고린도후서 4:18)

기도의 집

성전 안에선

기도보다 장사소리가 컸다.

제물은 값이 매겨졌고,

가난한자는 속았다.

주님은 분노 하셨다.

상을 엎고, 비둘기 팔던 자를 내쫓으셨다.

"이 집은 기도하는 집,

너희는 강도의 소굴을 만들었다."

아침, 잎만 무성한

무화과 나무처럼

이스라엘은 열매 없는 신앙이었다.

주님은 지금도 묻는다.

너희 안에 기도는 살아 있는가.

**"내 집은 기도하는 집이라 일컬음을 받을 것이라
하였거늘, 너희는 강도의 소굴을 만드는 도다."**

(마태복음 21:13)

복수

세상은 원수에게 복수하라 말하지만, 하나님은 다릅니다.

그분께서 우리에게 가르쳐 주신 최선의 복수는

원수와 같아지지 않고, 그들과 달라지는 것입니다.

그들이 악을 행할 때, 우리도 악으로 대하지 않고,

그들이 욕을 할 때, 우리도 그들을 욕하지 않습니다.

오히려 우리가 선택하는 길은,

복을 빌고 기도하는 길입니다.

복을 유업으로 받기 위해 우리는 부르심을 입었습니다.

그들의 손길을 거부하는 것이 아니라,

하나님의 사랑을 품고

그들을 품는 길이 복을 얻는 길임을 믿습니다.

세상의 복수는 잠시의 승리이지만,

하나님께서 주시는 복수는

영원한 평화와 사랑으로 가득합니다.

"악을 악으로, 욕을 욕으로 갚지 말고, 도리어 복을 빌라,

이를 위하여 너희가 부르심을 입었으니, 이는 복을

유업으로 받게 하려 하심이니라."

(베드로전서 3:9)

영광의 길

고난은 때로 말이 없다

차갑고 무겁게 가슴에 내려앉지만,

믿음은 그 침묵 속에서 말을 찾는다.

가난해도 병들어도,

믿음은 속삭인다.

이 길 끝엔

하나님의 영광이 있노라고,

고통조차도

그분의 영광을 위한 것이라며

"우리가 살아도 주를 위하여 살고, 죽어도 주를
위하여   죽나니, 그러므로 사나 죽으나 우리가 주의
것이로다."

(로마서 14:7~8)

던져진 돌

던져진 돌, 날아오는 상처 속에

그의 마음은 흔들렸지만,

스데반은 그 돌들로 순교의 제단을 쌓았습니다.

원수의 악과 조롱 앞에서도 그는 분노를 갚지 않고,

무릎 꿇어 기도하며 용서의 길을 걸었습니다.

돌은 상처가 되기도 하지만

주님 안에서는 믿음의 제물이 되어

영광의 제단에 올려집니다.

진정한 용기와 믿음은

상처 속에서 사랑을 택하는 마음,

악으로 악을 갚지 않고

선으로 이기는 삶에 있습니다.

"악에게 지지 말고 선으로 악을 이기라."

(로마서 12:21)

용기

뒤돌아보는 순간, 무거운 과거가 내 발목을

붙잡고 가득 채웁니다.

그러나 주님은 말씀하십니다.

"뒤에 있는 것은 잊어버리고,

앞으로 나아가라."

과거의 그림자를 붙들지 않고

오늘의 길을 걸으며,

내일의 희망을 향해 한 걸음 내딛는 용기

그것이 인생 최고의 치료입니다.

뒤를 돌아보지 않고 주님께 붙들려 걸어갈 때,

흐린 길도 빛으로 바뀌고

무거운 마음의 짐도 가벼워집니다.

"형제들아, 나는 아직 내가 잡은 줄로   여기지 아니하고

오직 한 일, 즉 뒤에 있는 것은 잊어버리고 앞에 있는

것을 잡으려고   푯대를 향하여 그리스도 예수 안에서

하나님이   위에서 부르신 부름의 상을 위하여

좇아가노라."

(빌립보서 3:13-14)

하나님의 손길

고난이 찾아올 때

길을 잃은 듯 헤매지만

빛을 찾는 눈이 됩니다.

슬픔이 밀려올 때

마음이 무너져 내려도

믿음은 눈물을 넘어

소망을 바라보게 합니다.

바람이 거세게 불어도

파도가 거칠게 몰아쳐도

믿음은 나를 붙드시며

하나님의 손길을 느끼게 합니다.

"너를 향한 나의 생각은 재앙이 아니며, 소망을
주려는 평안의 계획이라."

(예레미야 29:11)

새벽기도

죽음이 이긴 줄 알았던 그 어두운 새벽,

무덤은 열리고 생명이 일어나셨습니다.

그분은 살아나셨고 우리는 헛된 믿음이 아닌

영원한 소망을 붙듭니다.

내 죄를 짊어지고 십자가에 달리신 주님,

죽음을 이기고 부활하신 주님,

이제 나도 그 부활의 생명으로

새날을 살게 하소서.

두려움 대신 담대함을, 절망 대신 기쁨을,

죄의 사슬 대신 자유를 주님 안에서 누리게 하소서.

부활하신 주님, 오늘도 나와 함께 계신 주님,

이 믿음으로, 나는

다시 일어납니다.

**"나는 부활이요 생명이니 나를 믿는 자는 죽어도
살겠고 무릇 살아서 나를 믿는 자는 영원히 죽지
아니하리니 이것을 네가 믿느냐."**

(요한복음 11:25~26)

마리아야 !

무덤가의 눈물 속

"마리아야"

부르시던 주님의 음성,

닫힌 문 안 두려움 속 제자들에게

"평강이 있을지어다."

엠마오의 길,

떡을 떼실 때 비로소 열린 눈.

갈릴리 바닷가 "네가 나를 사랑하느냐."

사랑으로 다시 부르시고 산 위에서

"가서 제자를 삼으라."

명하신 후 하늘로 오르신 주님.

그분은 지금도 우리 안에 살아계시네.

"그가 사십일 동안 그들에게 보이시며 하나님 나라의

일을 말씀하시니라."

(사도행전 1:3)

생명이 피었습니다

내 삶에

예수의 흔적이 남았습니다.

사랑하려다 아팠고

섬기다가 상처 받았고

용서하다 울었습니다.

하지만 그 자리에

예수님의 생명이 피었습니다.

"우리가 항상 예수 죽인 것을 몸에 짊어짐은 예수의

생명이

또한 우리 몸에 나타나게 하려 함이라."

(고린도후서 4:10)

이 흔적은 고난의 흔적이 아니라

복음의 자취입니다.

나는 말보다 이 흔적으로

예수를 전합니다.

그 흔적으로

내 마음 속에 예수님의 사랑이 새겨 집니다.

그 사랑은 보이지 않지만, 나를 통해 흐르고,

내 손 끝에서 나누어집니다.

누군가를 사랑 할 때 내 마음이 아프고,

누군가를 용서 할 때 내가 비워지지만,

그 안에서 예수님의 사랑이 더욱 크게 자라납니다.

그 사랑을 기억합니다. 예수님께서 십자가에서 보여주신

희생과 용서의 길을 따르며,

내 삶이 예수님의 흔적을 남기기를 기도합니다.

오늘도, 예수님처럼 사랑하며, 예수님처럼 섬기며,

예수님처럼 나누며,

그 분의 사랑이 내 안에서 흐르기를 소망합니다.

"사랑에는 이보다 더 큰 일이 없나니 이 사람을 위하여 자기 목숨을 버리는 것보다 더한 사랑이 없느니라."

(요한복음 15:13)

이 사랑이 나의 삶 속에서,

그 흔적이 나의 삶 속에서 빛나게 하소서.

무엇을 남길까?

누구나 묻는다.

사람이 무엇이기에 하나님께서 그를 아시고,

그의 삶을 생각하시나?

우리는 바람처럼 지나가고, 그 발자국은 금세 사라지지만,

한 순간이 빛처럼 반짝인다.

그리고 그림자처럼 사라진다. 늙음은 자연의 흐름 속에,

억지로 멈출 수 없다.

하지만 젊어지려면,

내면의 깊은 고통과 희망이 필요하다.

시간을 되돌릴 수는 없지만, 오늘의 선택이 내일을 만든다.

진정한 가치는 외면이 아닌, 마음속에서 자라난다.

그림자처럼 지나가는 하루 속에서,

그 속에서 나는 무엇을 남길까?

늙어가는 것이 아니라,

참된 삶을 살아가는 것이 중요하다.

"사람은 헛것 같고, 그의 날은 지나가는 그림자 같으니이다."

(시편 144:4)

방주

하늘을 지으신 주님,

그 크고 위대한 손길로 끝없이 펼쳐진

하늘을 창조하셨지만,

그분은 하늘 보다

내 곁에 더 가까이 계십니다.

바다의 깊이와 광풍의 울부짖음 속에서도,

주님은 나의 방주가 되어

내가 흔들리지 않도록 굳건히 지켜주십니다.

어둠 속에서도 빛이 되어 무엇 하나 두렵지 않게 하시며,

모든 폭풍을 잠재우시는

그 사랑의 품 안에서 나는 안전함을 찾습니다.

주님,

내 삶의 모든 순간을 이끄시며,

당신의 은혜로 내가 떠나지 않도록 늘 함께 하소서.

"하늘이 열리고 하나님께서 말씀하시되 '이는 내 사랑하는 아들이요 내 기뻐하는 자라' 하시니라."

(마태복음 3:17)

성품

인기보다는 인격이 더 중요합니다.

성공보다 더 값진 것은 성품입니다.

세상은 화려한 꽃을 사랑하지만,

우리는 아름다운 열매를 맺어야 합니다.

꽃은 잠시 피고, 열매는 오랜 시간을 두고

그 존재를 증명 합니다.

우리는 모두 열매를 맺는 삶을 살아야 합니다.

그 열매는 내 삶의 깊이와 결과이며,

시간이 지나면 그 품격으로 세상에

빛을 비추게 될 것입니다.

화려한 것들에 끌리기 보다는

속 깊은 성품을 다듬어 가는 길이

더 큰 가치를 만듭니다.

결국, 그 열매는 하늘에서 주시는 복으로 가득할 것입니다.

"그러므로 너희가 열매로 그들을 알리라."

(마태복음 7:20)

하늘의 시계

세상의 시계는 날 재촉하고

조금씩 지치게 합니다.

시간이 흐를수록 나는 깎이고

속이 텅 비어갑니다.

하지만 하늘의 시계는 나를 살리십니다.

분주함 대신 평안을,

조급함 대신 기다림을 주시며,

은혜의 시간으로 나를 다시 세우십니다.

오늘은

세상의 시계가 아닌

하늘의 시계를 따라

주님 안에서 살아가게 하소서.

"수고하고 무거운 짐 진 자들아 다 내게로 오라 내가
너희를 쉬게 하리라."

(마태복음 11:28)

그림자

오늘은 어제의 그림자를 벗고
빛으로 열리는 문입니다.
내일을 염려하기보다 지금 이 순간,
주님께서 주신 숨을 감사하며
조용히 걸어갑니다.
말 한 마디에 사랑을 담고,
작은 일에도 정성을 담으며
오늘을
예배처럼 살고 싶습니다.
오늘
주님께서 함께하는 이 날을
나는 기뻐하고 즐거워하렵니다.
"이 날은 여호와께서 정하신 것이라 이 날에 우리가
즐거워하고 기뻐하리로다."
(시편 118:24)

보물

묻혀 있는 보물은 보물이라 할 수 없습니다.

그 값진 것이 숨겨져 있을 때,

그 존재는 그저 상상에 불과 합니다.

글로 표현 할 수 없는 지식은 아직 진정한 지식이 아닙니다.

그 지혜가 살아 움직이고,

세상에 빛을 발할 때,

그때 비로소 지식이라 할 수 있습니다.

하나님의 사랑을 말로만 한다면,

그 사랑은 진정한 사랑이 아닙니다.

행하지 않는 사랑은 그저 말과 혀에 불과하고,

행함 속에서만 하나님의 사랑은 완전해집니다.

사랑은 말로만 하지 말고,

우리의 삶 속에서 실천되기를 원합니다.

그때에 비로소 그 사랑이 세상에 드러나고

하나님의 뜻을 이루게 될 것입니다.

"사랑은 말과 혀로만 하지 말고 행동과 진실함으로 하라."

(요한복음 3:18)

목숨

목숨을 바칠 무엇인가가 없다면,

진정으로 사는 것이 아닙니다.

그저 시간을 흘러 보내는 것일 뿐,

날마다 죽어가는 것이나 다름없습니다.

목숨을 위해 산다면,

이미 사는 것이 아니라 죽어가는 것일 뿐입니다.

진정한 삶은, 자신을 던질 수 있는 무엇인가를 만났을 때

비로소 시작 됩니다.

그 사명이 마음속에서 불타오르면,

그때부터 우리는 살기 시작합니다.

죽을 것을 알면서도 그 길을 기쁘게 걷는 것,

그것이 진정한 삶의 의미입니다.

목숨을 바칠 사명을 찾는 순간,

우리는 비로소 삶의 진정한 의미를 알게 됩니다.

"누구든지 자기 목숨을 구하고자 하면 이를 잃을 것이요,

누구든지 나를 위하여 목숨을 잃으면 이를 얻을 것이다."

(마태복음 16:25)

이슬처럼

하나님의 교훈은 이슬처럼 내립니다.

그 말씀은 단비처럼,

땅을 적시며 생명을 불어 넣습니다.

살아있는 자들에게는 기쁨이 되고,

즐거움이 되어 그들의 심령을 춤추게 하지만,

죽어가는 자들에게는 흘러가는 강물처럼

그들 속에 닿지 않고

그저 흘러 내려갈 뿐입니다.

하나님의 말씀은 언제나 가까이 있지만,

그 말씀을 받는 자의 마음에 따라 그 열매가 달라지리니,

살아있는 마음으로 그 말씀을 맞이해야 합니다.

"그가 내게 이르시되, 이 물은 생명수의 강이요 하나님과 어린양의 보좌에서 나오는 것이라."

(요한계시록 22:1)

눈치

기도하는 사람들은 자기 안에 눌린

죄악을 빠르게 알아차립니다.

그것은 위대한 능력,

영혼의 민감함,

하나님의 눈길을 따르는 능력입니다.

 "집 주인이 알았다면, 도둑이 올 시각을, 그 집을

지켰으리라."

(마태복음 24:43)

그처럼,

우리도 깨어 있어야 합니다.

눈을 뜨고,

어둠속에서도

하나님의 빛을 볼 수 있어야 합니다.

기도하는 사람들은

자기 내면을 지키는 자들,

하나님을 신뢰하는 자들,

불현듯 찾아오는 죄악을 경계하는 자들입니다.

가난한 마음

비좁은 집에서 함께 살아갈 수 있어도,

비좁은 마음을 가진

자와는 함께할 수 없다.

풍요로움 속에 교만한 자,

그와는 나눌 것도 없다.

하지만 가난한 마음,

그들과는 언제나 나눔을 찾을 수 있다.

이웃과 함께할 길을 찾지 않고

자기만을 쌓아가는 이들,

그들과는 마음을 나눌 수 없다.

"내가 너희에게 말하노니, 우리의 입은 열렸고, 우리의

마음은 넓었다. 너희가 좁아진 것이 아니니라, 오직 너희

마음이 좁아진 것이라."

(고린도후서 6:11~13)

시간의 강물

시간은 흐릅니다. 말없이,

그러나 분명하게

기쁨의 날에도, 슬픔의 밤에도, 그 강물은 멈추지 않습니다.

하나님은 그 흐름위에 계십니다.

나는 그 강가에 앉아 흘러가는 하루를 바라봅니다.

바람처럼 스쳐가는 기억들, 햇살 속 웃음,

그리고 조용히 밀려오는 슬픔 하나,

때로는 조급함이,

때로는 지침이 속삭입니다.

인제입니까, 주님 그때 들려오는 주의 음성

**"무릇 범사에 기한이 있고, 천하만사가 다 때가
있나니."**

(전도서 3:1)

그 말씀 앞에서 나는 다시 조용히 앉습니다.

묻는 대신 믿으며,

흘러가는 시간을 바라봅니다.

왜냐하면,

그 흐름 위에 하나님께서 계시기 때문입니다.

하늘 농부

하늘을 바라보며 사는 이들, 그들의 마음은 높고,

그들의 발은 땅에 닿지 않는다.

세상에 속한 자는 눈에 보이는 것에만 취하고,

영원히 진리를 바라보지 않는다.

"자기를 위해 살아가는 자, 결국 썩을 것을 얻으리라"

그러나 성령을 따르는 자는 하늘의 열매를 맺고,

그 길은 영원으로 향한다.

세상에 속한 자는,

사라져가는 것들을 쫓아가며 허망한 것에 시간을 허비하지만,

하늘을 쫓는 자는 그 속에서 진정한 평화와 기쁨을 누린다.

성령의 이끄심을 따라 사는 자는 영생을 거두고,

그 삶의 향기는 하늘의 별처럼 빛난다.

우리는 무엇을 심고 있는가?

우리의 삶의 열매는 무엇을 증명하는가?

하늘에 속한 자, 그들은 영원한 삶의 열매를 거두리라.

"하나님을 따르는 자는 영생을 얻고, 세상에 속한 자는 썩을 것을 거두리라."

(요한복음 6:27)

해와 달

해와 달은 하늘에 빛을 드리우며,

세상의 아름다움을 밝혀주는 최고의 등잔입니다.

그 빛이 비추는 곳마다 어둠은 물러가고,

새로운 하루가 시작됩니다.

해는 그 뜨거운 열기로 세상에 빛을 쏟아내고,

밤은 고요히 감싸 안습니다.

그들이 주는 빛은

우리의 길을 인도하는 빛이 되어,

어둠속에서도 희망을 찾아갑니다.

하나님께서 창조하신

이 두 등잔은 우리에게 빛과 희망을 선물하며,

세상에 비추는 주님의 사랑을 상징합니다.

"하나님은 빛이시라, 그 안에는 어두움이 조금도 없으시니라."

(요한일서 1:5)

사랑의 손길

근심과 걱정, 염려는 모두 자신만을 위한

삶에서 오는 것들입니다.

자신만을 사랑하기에 언제나 염려의 그림자가 내리며,

평안은 찾아오지 않습니다.

그러나 이웃을 향한 삶은 늘 사랑과 평안으로 가득차고,

위로와 격려의 손길을 건네며,

배려와 나눔의 삶을 살아갑니다.

이 삶은 하나님께서 주시는 공급 속에,

온유한 마음으로 이웃을 섬기며,

세상을 따뜻하게 만들게 됩니다,

온유는 강한 자가 어린 아기를 조심스럽게 만지는 것처럼,

그 속에 사랑과 배려가 깃듭니다.

자신을 위해 살면 언제나 염려 할 수밖에 없지만,

예수님과 이웃을 위해 살아가면,

염려보다는 보람이 넘치고,

하나님의 평안이 우리를 채우게 됩니다.

"너희 중에 누구든지 큰 자가 되려면 너희를 섬기는 자가 되어야 하리라."

(마태복음 20:26)

용서받은 자

예수님의 보혈로 용서받은 자,

나는 그가 용서한 것을 믿습니다.

그렇기에 나는 용서 하지 못할 이유가 없습니다.

내가 용서할 때, 그들은 내가 용서한 것이 아니라

하나님께서 그들을 용서하셨음을

내 삶으로 드러내는 것입니다.

나는 심판자가 아니며, 하나님의 자리에 설 수 없습니다.

심판은 오직 주님의 것이기에,

나는 그 자리에 서지 않으렵니다.

용서하지 못하는 마음,

그 안에 숨겨진 두려움이 있습니다.

아직도 심판을 두려워하며,

자신을 의인이라 여기는

교만이 내 안에 숨어 있습니다.

"주님, 너희 중에 죄 없는 자가 먼저 돌로 치라."

(요한복음 8:7)

그 말씀을 내 마음에 새깁니다.

양심의 방향

양심이 자신을 향해서는 잠들어 있을 때,

다른 이들을 향해 깨어나면,

그 말과 행동은 비난과 판단으로 물들고,

스스로를 고발하는 죄의 소리가 됩니다.

그러나 진정한 양심은 자신을 향하여 깨어 있을 때,

비로소 온전한 깨달음이 있습니다.

자신의 잘못을 돌아보고,

겸손히 주님의 뜻을 구하는 마음이

우리에게 참된 회개를 이끕니다.

양심이 깨어 있는 사람은 남을 판단하지 않고,

자신의 마음을 정결하게 하며,

하나님의 은혜를 더욱 깊이 느끼게 됩니다.

"너희가 남을 판단하려거든 너희 자신을 먼저 살펴보라.

너희가 정죄 하려거든 너희 자신의 마음을 먼저

고백하라."

(마태복음 7:3)

한쪽 날개

새는 한쪽 날개로 하늘을 날지 않습니다.

두 날개를 펼쳐 비로소 하늘을 자유롭게 나는 것처럼,

우리의 삶에도 균형이 필요 합니다.

하나님께서 주신 은혜와 사랑,

그 두 날개가 되어

세상의 바람을 헤쳐 나가며,

우리는 비로소

진정한 자유를 맛봅니다.

한쪽 날개로는 아무리 힘을 쓰도 날 수 없지만,

두 날개가 맞닿을 때 비로소 하늘을 나는 것입니다.

우리의 믿음도 마찬가지,

하나님의 뜻과 사랑이 함께 날 때,

진정한 삶의 의미를 찾을 수 있습니다.

**"두 사람이 한 사람보다 나음은 그들이 수고 할 때
좋은 상을 얻기 때문이라."**

(전도서 4:9)

꽃보다 열매

인기보다는 인격이 더 중요 합니다.

성공보다 더 값진 것은 성품입니다.

세상은 화려한 꽃을 사랑하지만,

우리는 아름다운 열매를 맺어야 합니다.

꽃은 잠시 피고,

열매는 오랜 시간을 두고

그 존재를 증명합니다.

우리는 모두 열매를 맺는 삶을 살아야 합니다.

그 열매는 내 삶의 깊이와 결과이며,

시간이 지나면 그 품격으로

세상에 빛을 비추게 될 것입니다.

화려한 것들에 끌리기보다는

속 깊은 성품을 다듬어 가는 길이 더 큰 가치를 만듭니다.

결국,

그 열매는 하늘에서 주시는 복으로 가득할 것입니다.

"그러므로 너희가 열매로 그들을 알리라."

(마태복음 7:20)

흐르는 강물처럼

축복은 고인 웅덩이가 아니라 흘러가는 강물입니다.

사랑은 움켜지는 손에서 피어나지 않고

열린 마음에서 자랍니다.

사랑 받는 이가 사랑 합니다. 위로 받는 이가 위로 합니다.

햇살 가득 받은 창은 다른 이의 방을 비추는 법입니다.

내 마음이 가난 하다고 느껴질 때

먼저 받은 사랑을 기억하게 하소서

내가 어둡다고 느껴질 때 이미

비춰진 빛을 바라보게 하소서

오늘,

내가 해야 할 일은 감사하는 일입니다.

그리고 누군가의 마음에 따뜻한 한마디를 건네는 일입니다.

**"하나님께서 우리를 사랑 한 것 같이 우리도 서로 사랑
하는 것이 마땅하도다."**

(요한일서 4:11)

주님, 내가 받은 사랑이 멈추지 않고 흘러가게 하소서

사랑은 곧 당신이기에 내가 사랑할 때

세상은 당신을 만납니다.

주님의 손길

주님, 젖은 빨래처럼 축 늘어진 마음을 안고

오늘도 주 앞에 나아갑니다.

말없이 스며드는 아픔들,

지나간 날들의 무게가 내 영혼을 눌러오지만

그 속에 주님의 손길이 있음을 믿습니다.

고통의 바람이 불어올 때 나는 두려워 하지만,

그 바람 속에도 주께서 나를 말리시고

정결하게 하시며 다시 일어나게 하심을 압니다.

주님, 내 안의 교만을 꺾으시고 슬픔의 눈물을 닦아주소서.

낡은 생각과 얽매인 마음을 걷어내시고

새로운 소망으로 입혀주소서.

눈물로 씨를 뿌린 날들이 헛되지 않게 하시고,

기쁨으로 거두는 날을 주님의 때에 누리게 하소서.

"눈물을 흘리며 씨를 뿌리는 자는 기쁨으로

거두리로다."

(시편 126:5)

이 믿음 안에서,

오늘도 주님만 바라보며 잠잠히 기다립니다.

진정한 복수

원수의 말에 귀 기울이며 분노와 복수로 마음을

채우는 대신,

나는 다른 길을 걷습니다.

그들의 악과 욕을 되갚지 않고,

도리어 복을 빌며,

그들의 눈에 보이지 않아도

주님의 선하심이 나를 다스리게 합니다.

원수보다 뛰어나기 위해 맞서 싸우지 않습니다.

다만 원수와 같아지지 않기 위해,

평화와 사랑의 길을 택합니다.

진정한 복수는 그들처럼 되지 않는 것,

주님의 뜻 안에서

선으로 악을 이기는 것임을 내 마음 깊이 새깁니다.

"나는 너희에게 이르노니, 너희 원수를 사랑하며

너희를 박해하는 자를 위하여 기도하라. 이같이 한즉

하늘에 계신 너희 아버지의 아들들이 되리니, 이는

그가 그 해를 악인과 선인에게 비추시며, 비를 의로운

자와 불의한 자에게 내리심이니라."

(마태복음 5:44~45)

자아의 십자가

우리는 살아가면서 늘 자신의 자아를 쥐고 있습니다.

하지만 그 자아를 놓지 않으면, 결코 열매를 맺을 수

없습니다.

씨앗은 땅에 떨어져야만 새 생명을 얻습니다.

우리도 마찬 가지입니다.

죽음 속에서만 진정한 생명이 피어납니다.

세상의 모든 욕심과 두려움, 자기 자신을 위한 욕망을

주님 앞에 내려놓을 때,

우리 안에 진정한 열매가 자라기 시작합니다.

죽음은 끝이 아니라, 새로운 시작의 문을 여는 순간,

그 죽음을 통해 우리는

하나님 앞에서 진정한 생명을 찾습니다.

"내가 진실로, 진실로 너희에게 이르노니, 한 알의

밀이 땅에 떨어져 죽지 아니하면 한 알 그대로 있고,

죽으면 많은 열매를 맺느니라."

(요한복음 12:24)

우리의 삶이 죽음 속에서

새로운 열매로 거듭나기를 원합니다.

주님께서 우리 안에서 진정한 열매가 자라게 하소서.

길을 만드는 사람

자신을 위해 성을 쌓는 이들이 있다.

풍요와 욕심을 지키려,

두려움과 불안 속에 고립된 삶을 살아간다.

그들의 성은 높고 견고 하지만,

그 안에는 진정한 평화가 없다.

그러나 길을 만드는 사람은 다르다.

사랑과 헌신으로 길을 열고,

봉사와 희생으로 이웃을 섬긴다.

자기만의 성을 쌓지 않고, 하나님의 뜻을 따르며 길을 만든다.

 "너희는 세상의 빛이라, 산 위의 동네가 숨기지 못할 것이요."

(마태복음 5:14)

길을 만드는 사람은 자기만을 위한 성을 쌓지 않는다.

그는 이웃을 위해 실을 만들고,

사랑과 봉사로 세상을 변화시키며,

하나님의 빛을 비춘다.

그의 삶은 희생과 사랑으로 빛나며,

하나님의 뜻을 이루는 길이 된다.

거룩한 귀

귀는 듣는 길입니다.

말이 들어오는 문,

마음이 열리는 첫 시작입니다.

온유한 귀는 상처를 넘겨 듣고,

비난 속에서도 아픔을 들으며,

침묵 속에서도 마음을 읽습니다.

화를 부르는 소리에 귀를 닫고,

이해를 부를 소리에

귀를 여는 것 그것이 온유함의 지혜입니다.

듣는 태도가 부드러우면 세상은 덜 날카롭고,

관계는 더 깊어집니다.

온유한 귀는 다툼을 막고,

조용한 마음을 지켜 냅니다.

그 귀에는 주님의 음성도 조용히 머뭅니다.

"듣기는 속히 하고 말하기는 더디 하며, 성내기도 더디 하라."

(야고보서 1:19)

제단불과 혀

말은 바람과도 같아 때론 살을 찌르고

때론 꽃을 피웁니다.

거친 혀는 불씨를 품고 평화를 무너뜨리지만,

부드러운 말은 마음의 문을 열고

닫힌 관계를 다시 엽니다.

부드러운 혀는 약함이 아니라 지혜입니다.

강한 말보다 깊은 배려가 진실을 더 멀리 데려갑니다.

소리보다 마음을 담은 말,

논쟁보다 이해를 담은 말이

세상을 고요하게 만듭니다.

주님,

오늘 내 입술이 온유하기를,

내 말이 생명처럼 쓰이기를 원합니다.

"유순한 대답은 분노를 쉬게 하여도 과격한 말은 노를 격동 하느니라."

(잠언 15:1)

길

사람은 마음을 따라 걸어갑니다.

생각은 씨앗이 되고,

그 씨앗은 어느새 말이 되며,

말은 행동이 되어 그 하루를 만들고,

그 하루는 삶이 되어 우리가 걷는 길이 됩니다.

좋은 생각은 고운 길을 엽니다.

햇살처럼 따스하고, 바람처럼 정직하며,

서두름 없이, 비틀림 없이,

은혜의 물결처럼 흐르게 하지요.

마음에 선한 뜻을 품을 때, 길은 삐뚤어지지 않고,

우리 삶은 주의 손안에서 조용히 제 자리를 찾아갑니다.

오늘도 조용히 기도드립니다.

생각은 맑게 마음은 밝게,

걸음은 주의 뜻 안에서 흔들림 없이 걷기를,

"무릇 지킬 만한 것보다 더욱 네 마음을 지켜라 생명의 근원이 이에서 남이니라."

(잠언 4:23)

사랑의 흔적

숲을 보지 못하는 건 나무만 바라보기 때문입니다.

한 그루,

한 그루에 몰두할수록

전체의 숨결은 저 멀리 흐려지지요.

우리 마음이 아름다움만 좇을 때가 그렇습니다.

찬란한 빛에 눈이 멀어 그 빛 너머의

소중한 것들을 놓치곤 하지요.

햇살보다 따스한 마음,

꽃보다 귀한 작은 손길,

바람보다 조용한 진실이 우리 곁을 스쳐 지나가는데도

우린 자주 보지 못합니다.

나무 사이를 걸으며 그림자까지 품는 숲을 보듯

보이는 것 너머의 진실을 바라볼 수 있기를,

아름다움 속에 숨어 있는 조용한 사랑의 흔적들을 놓치지

않기를 바랍니다.

**"사람은 외모로 보거니와 여호와는 중심을
보시느니라."**

(사무엘상 16:7)

텅빈 마음

사람은 돈을 벌기 위해 건강을 잃고,

잃어버린 건강을 찾기 위해

그토록 힘들게 번 돈을 잃습니다.

그리고 어느 날,

시간도 함께 흘러가

되돌릴 수 없는 삶의 조각들만 손에 남습니다.

무엇을 위하여 어디로 향하여

이토록 달려 왔는지 모른 채 텅 빈 마음만이 메아리칩니다.

삶은 소유보다 존재이고,

쌓은 것보다 나누는 것임을

너무 늦게 깨닫지 않게 하소서.

주어진 오늘을 감사함으로 살아가게 하소서.

"사람이 온 천하를 얻고도 자기 목숨을 잃으면 무엇이
유익 하리요."

(마가복음 8:36)

안개

오해는 남이 씌운 안개가 아니라

내 마음이 만든 그림자다.

스스로 높아질 때 보아야

할 것을 보지 못하고

들어야 할 소리는 듣지 못합니다.

교만은 눈을 가리고

겸손은 길을 엽니다.

하나님의 말씀 앞에 낮아질 때

흐릿했던 길이 밝아지고 풀려납니다.

진정한 지혜는 내가 옳음을

주장하는 데 있지 않고

주님의 빛 안에

 잠잠히 서는 데 있습니다.

"하나님은 교만한 자를 물리치시고 겸손한 자에게
은혜를 주신다 하였느니라."

(야고보서 4:6)

발자취

뒤돌아 본 길은 이미 스쳐 지나간 그림자요,

되돌릴 수 없는 발자취일 뿐입니다.

그러나 내 앞의 길은 아직 채워지지 않은

은혜의 길입니다.

주님은 내 걸음을 새롭게 하시며,

광야에도 길을 내시고

메마른 땅에도 생수를 터뜨리십니다.

그분은 나를 과거의 사슬에서 풀어 주시고,

아직 보지 못한 내일을 열어 가십니다.

그 손이 지금 내 앞에 있습니다.

"그러므로 누구든지 그리스도 안에 있으면

새로운 피조물이라 이전 것은 지나갔으니 보라 새 것이

되었도다"

(고린도후서 5:17)

은혜의 다리

사람은 기억을 잃으면 같은 길을 다시 걸으며

같은 돌부리에 넘어집니다.

광야에서의 눈물,

배고픔과 갈증,

그때마다 채우신 하나님의 손길을

잊어버린다면 오늘의 은혜도 보지 못합니다.

기억은 짐이 아니라 은혜를 붙드는 다리,

과거의 상처조차 하나님의 사랑을 증언하는

증거입니다.

그러므로 나는 잊지 않겠습니다.

주께서 나를 인도하신 길을,

나를 낮추시고,

시험하시되,

결국은 살리신 그 은혜를.

"내 영혼아 여호와를 송축하며 그 모든 은택을 잊지

말지어다."

(시편 103:2)

생명의 꽃

나는 여전히 나를 붙들고 싶습니다.

그러나 그 길은 곧 주를 잃는 길임을 압니다.

자기를 버리지 못하면

예수의 길을 따를 수 없고,

내 고집을 내려놓지 않으면

주님의 손을 붙잡을 수 없습니다.

참된 생명은 내 안에 머무는 내가

아니라 내 안에 계신 주님,

죽음을 이기신 사랑으로

새 생명을 피워 내십니다.

세상을 다 얻어도 생명을 잃을 수 있지만,

모든 것을 내려놓을 때

주님 안에서 참된 생명을 얻습니다.

"내가 그리스도와 함께 십자가에 못 박혔나니

이제는 내가 사는 것이 아니요 내 안에 그리스도께서

사시는 것이라."

(갈라디아서 2:20)

삶의 이유

싫어하는 이를 마주할 때

내 인격이 드러나고,

원수를 바라볼 때

내 사랑의 깊이가 시험받는다.

험한 시험 앞에 설수록

내 믿음의 뿌리가 드러난다.

그러나 나는 두렵지 않다.

우리는 이미 하늘의 기업을 받은 자,

빛의 나라를 향해 걸어가는

하나님의 사랑받는 자녀이기 때문이다.

주께서 나를 어두운 데서 불러내시고,

그 놀라운 빛으로 인도하셨다.

그 은혜를 노래하는 것이 내 삶의 이유요,

내 존재의 찬송이다.

"너희를 어두운 데서 불러내어 그의 기이한 빛에 들어가게 하신 이의 아름다운 덕을 선포하게 하려 하심이라."

(베드로전서 2:9)

씨앗

꽃은 뿌리를 내린 자리에서 피어나고

열매는 기다림 속에서 여뭅니다.

뿌리지 않은 씨앗은 결코 들판을 물들이지 못하고,

나누지 않은 사랑은 마음 깊은 곳까지 닿지 않지요.

기도 없는 소망은 문을 열지 못하고,

섬김 없는 기쁨은 바람처럼 스쳐 지나갑니다.

오늘 당신의 손에 쥔 작은 선의 씨앗 하나,

그것이 어느 땅에 떨어지는지

하늘은 알고 계십니다.

빛은 속이지 않고, 계절은 약속을 어기지 않듯,

심은 대로, 바라본 대로 삶은 반드시 꽃을 피웁니다.

그러니 낙심치 마세요.

지친 하루 끝에서도

당신의 선함은 헛되지 않으니

**"우리가 선을 행하되 낙심하지 말지니 피곤하지
아니하면 때가 이르매 거두리라."**

(갈라디아서 6:9)

자랑

우리는 종종 스스로 싸워야 할 적을 만들고
승리의 기쁨을 느끼고 싶어 합니다.
할 수 없는 일은 남을 통해 이루려 하고,
할 수 있는 일은 자랑하며 승리의 증거로 삼으려 합니다.
그러나 진정한 신앙은 육신의 계산과 자랑이 아니라
주님의 인도하심과 영의 법을 따르는 삶에서 시작됩니다.
하나님은 우리의 연약함 속에서도
불가능한 일을 이루시고,
우리 안에 생명과 평안을 채우십니다.
오늘도 나는 내 한계를 인정하며 육신의 생각보다
영의 인도하심을 따라 살아가기를 결단합니다.
나의 힘이 아닌 하나님 안에서 참된 승리와
기쁨을 경험하게 하소서.
"육신의 생각은 사망이요 영의 생각은 생명과
평안이니라."
(로마서 8:6)

기도

우리 마음속에는 사랑보다 미움이 자라나고,

용서 대신 분노가 솟아나며,

작은 자극에도 쉽게 흔들립니다.

죄의 유혹에 넘어가는 순간,

그 뿌리는 종종 기도하지 않은 시간 속에 있습니다.

기도하지 않음은 영혼의 방패를 내려놓는 것과 같습니다.

깨어 주님께 마음을 올리지 않으면

분노와 슬픔,

두려움의 파도가 쉽게 마음을 흔듭니다.

오늘도 나는 스스로의 연약함을 인정하며

주님의 인도하심과 은혜를 구합니다.

작은 순간에도 주님과 동행하며

마음과 삶을 기도로 채우기를 소망합니다.

"너는 마음을 다하여 여호와를 신뢰하고 네 명철을
의지하지 말라. 너는 범사에 그를 인정하라. 그리하면
네 길을 지도하시리라."

(잠언 3:6-6)

별처럼

사람은 종종 하나님의 손길을 느끼지 못하고,

말없이 흐르는 은혜를 잊곤 합니다.

그러나 하나님은 사람의 손끝에 담긴 작은 수고와

마음 깊은 곳에서 떨리는 진실을 결코 외면하지 않으십니다.

숨겨진 선행, 조용한 헌신, 누구도 알아주지 않은

사랑의 흔적까지도 주님의 기억 속에서는

별처럼 빛나며 영원히 남습니다.

오늘 나는 사람의 눈이 아닌 하나님의 눈으로 세상을

바라봅니다.

사랑으로, 성실로,

믿음으로 이 하루를 살아가기를 소망합니다.

주님의 기억 안에서 진정한 가치의 보람을

발견하게 하시고, 그 안에서 흘러나오는

평안과 기쁨에 깊이 잠기게 하소서.

**"하나님은 불의하지 않으사 너희 행위와 그의 이름을
위하여 나타낸 사랑을 잊어버리지 아니하시느니라."**

(히브리서 6:10)

예배자

현대의 믿음은 형식만 남아 영혼은 떠나기 쉽습니다.

성령 없는 신앙,

회개 없는 구원 순종 없는 축복을 좇는 삶은

빛을 잃은 등불과 같습니다.

진정한 신앙은 하나님께 마음과

삶을 드리는 순종에서 시작됩니다.

말과 지식이 아니라 삶 속에서 흘러나오는 사랑과 섬김,

그것이 진정한 예배,

살아있는 제사입니다.

오늘도 나는 소망 합니다.

겉으로 보이는 믿음이 아니라

진심과 순종으로 살아가기를.

작은 순간 속에서도 주님의 뜻을 따르며,

삶 전체가 주님께 향한 예배가 되게 하소서.

"여호와를 경외하며 그의 계명을 크게 즐거워하는

자는 복이 있도다."

(시편 112:1)

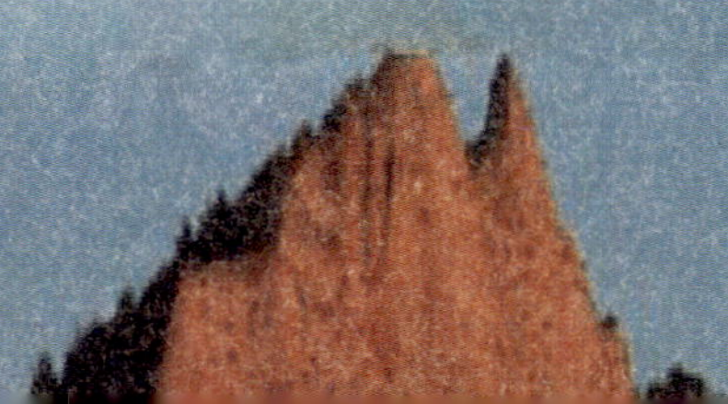

선물

시간은 하나님께서 거저 주신 소중한 선물입니다.

그 누구도 소유 할 수는 없지만,

어떻게 사용하느냐에 따라

우리의 삶은 풍요로워집니다.

한 순간,

한 순간은 돌이킬 수 없는

길 위에 놓여 있으므로 지나간 시간은

다시 돌아오지 않습니다.

그러기에 지금 이 순간을 소중히 여기며

주님의 뜻 안에서 살아가는 지혜가 필요합니다.

오늘도 나는 주님께서 허락하신 시간을

사랑과 은혜로 채우고,

감사하며

의미 있는 하루를 살아가기를 소망합니다.

"그런즉 너희가 어떻게 행할지를 자세히 주의하여

지혜 없는 자 같이 하지 말고 오직 지혜 있는 자 같이

하여 세월을 아끼라 때가 악하니라."

(에베소서 5:15-16)

지성소

아픔 속에서만 피어나는 기도가 있습니다.

슬픔 속에서만 들려오는 주님의 속삭임이 있습니다.

고난을 지나야만 비로소 닿을 수 있는 성소가 있고,

어둠 속에서만 마주 할 수 있는 얼굴이 있습니다.

잃는 것이 있어도 괜찮습니다.

병과 시련 속에서 눈에는 보이지 않아도

영혼은 깊어지고, 마음은 넓어집니다.

고난은 저희를 연단하고, 믿음은 단단해지며,

주님의 사랑의 뜻을 깨닫게 합니다.

오늘도 나는 아픔 속에서

주님의 손길을 느끼고,

슬픔 속에서

그분의 말씀을 붙잡으며,

고난 속에서 더 큰 은혜와 평안을

배우기를 소망합니다.

"의인의 고난이 많으나 여호와께서 그의 모든
고난에서 건지시는도다."

(시편 34:19)

내일을 향해

넘어지지 않으려면 그저 멈추면 됩니다.

실수를 피하려면 아무것도 하지 않으면 됩니다.

하지만 삶은 멈춘 자에게 미소 짓지 않고

걸음을 내딛는 자에게 조용히 길을 열어 줍니다.

넘어짐은 끝이 아니라

다시 일어서라는 속삭임,

실수는 부끄러움이 아니라 도전의 흔적입니다.

비틀거리며 일어나는 순간,

우리 안에 용기가 자라나고

눈물 속에서도 희망은 조용히 꽃을 피웁니다.

오늘 나는 두려움 속에서 배우며

내일의 빛을 향해 나아갑니다.

"걸음을 붙드시는 이는 주님, 넘어져도 아주
엎드려지지 않게 하시는 이는 그의 손이라."
(시편 37:23-24)

봄날

하나님을 사랑 하는 마음은 봄날의 시냇물처럼

조용히, 그러나 끊임없이 흘러

누군가의 마른 마음을 적십니다.

그 사랑은 말이 없고 계산도 없으며

작은 손길 하나에 하늘의 온기를 담습니다.

그러나 나만을 품은 마음은 벽을 세우고,

재물 위에 잠들어 진정한 기쁨의 언어를 잊습니다.

무엇을 사랑하느냐에 따라 삶은 그 얼굴을 바꾸고,

어디를 바라보느냐에 따라 마음은 그 빛을 닮아갑니다.

주여, 오늘도 내 마음을 살피사 소유보다 나눔을,

쌓음보다 흘림을 택하게 하소서.

편안함보다 자비를,

안정보다 사랑을 품게 하소서.

세상의 계산보다 하늘의 지혜를 따르게 하소서.

"그러므로 너희가 기쁨으로 구원의 우물들에서 물을

길으리로다."

(이사야 12:3)

십자가

십자가의 사랑은

저녁노을보다 붉고,

새벽빛보다 더 선명합니다.

흔들리는 나를 붙드시고

넘어짐 속에서

다시 일으키시는 분,

그분은 곧 예수 그리스도이십니다.

작은 믿음이라도 주께 드리면 생명이 되고

열매가 되어 세상을 밝히는 빛이 됩니다.

오늘도 나는 그 은혜를 좇아

순종의 길을 걷습니다.

그 걸음이 누군가를 구원으로 이끌고,

십자가의 사랑을 전하게 하소서.

"내가 곧 길이요 진리요 생명이니 나로 말미암지

않고는 아버지께로 올 자가 없느니라."

(요한복음 14:6)

시험과 덫

고난 속에서 견딘 사람은 강합니다.

그러나 평안과 번영 속에서

영적 전쟁은 더 치열하게 다가옵니다.

순조로운 날에는 방심과 나태,

평안함이 마음을 무디게 하고

뜻밖의 시험과 덫이 숨어 있습니다.

그래서 진정한 힘은 역경 속에서만 생기는 것이 아니라

번영 속에서도 깨어 있는 데서 옵니다.

기도와 경계 속에서 영혼은 굳건히 서고,

빛은 흔들리지 않습니다.

오늘도 나는 평안 속에서도 눈을 뜨고

주님께 마음을 향하며

깨어 기도하는 삶을 살고자 합니다.

"항상 기뻐하라 쉬지 말고 기도하라 범사에 감사하라
이는 그리스도 예수 안에서 하나님께서 너희를 향하신
뜻이니라."

(데살로니가전서 5:16-18)

아름다운 사람

살려고 애쓰는 사람은

손에 쥔 것을 놓지 못하고 받은 것에 마음을 둡니다.

그러나 살리려는 사람은 자신의 작은 것이라도

기꺼이 내어주며 세상에

빛과 생명을 흘러 보냅니다.

주는 삶은 받는 삶보다 더 깊고

 풍성한 기쁨을 줍니다.

작은 나눔 속에서도

그 은혜 안에서 우리의 마음은 더욱 넓어집니다.

오늘도 나는,

주께서 베푸신 사랑을

이웃과 나누며 작은 친절과 은혜로

누군가의 삶을 밝히는

통로가 되기를 소원합니다.

"구제를 좋아하는 자는 풍족하여질 것이요, 남을
윤택하게 하는 자는 자기도 윤택하여지리라."

(잠언 11:25)

소금과 빛

세상에는 반드시 필요한 것들이 있습니다. 소금이 없으면
음식은 쉽게 부패하고, 빛이 없으면 사람은 어둠 속에서 길을
잃고 맙니다. 우리의 삶도 마찬가지입니다.

삶을 지켜 내는 소금이 필요하고, 앞길을 비추는 빛이
필요합니다. 그 소금과 빛은 단순한 물질이 아니라, 사람의
말과 행동, 그리고 사랑의 마음을 통해 드러납니다.

작은 친절이 상한 마음을 치유하고, 따뜻한 위로가 절망 속에
새로운 길을 열어 줍니다. 한마디 격려가 소금처럼 세상의
부패를 막고, 작은 사랑의 실천이 어둠 속에서 빛처럼
희망을 밝혀줍니다. 그래서 주님은 우리를 세상의 소금이요
빛이라 부르셨습니다. 소금은 그 맛을 잃지 말아야 하고,
빛은 꺼지지 않고 계속 비추어야 합니다.

그럴 때 우리의 삶을 통해 주님의 사랑과 진리가 흘러가며,
사람들은 그 사랑 안에서 희망과 위로를 얻게 됩니다.

"이같이 너희 빛이 사람 앞에 비치게 하여 그들로 너희
착한 행실을 보고 하늘에 계신 너희 아버지께 영광을
돌리게 하라."
(마태복음 5:16)

주님의 손에

문제가 찾아오면 마음은 쉽게 흔들리고,

생각은 끝없이 이어집니다.

그러나 해결된 문제라면 곧 주님의 은혜로 풀릴 것이요,

해결되지 않는 문제라도 그 안에서도

주님이 길을 여실 것입니다.

걱정과 염려는 문제의 그림자일 뿐,

그 안에서 해답은 나오지 않습니다.

그저 스스로를 합리화하며 잠시 위로 받을 뿐입니다.

하지만 믿은 안에 서면 모든 문제를 주님께 맡길 수

있습니다.

걱정대신 기도하고, 염려대신 감사하며,

주님께 마음을 올려드립니다.

오늘도 나는 두 손 모아 기도하며

모든 것을 주님의 손에 맡깁니다.

그리고 주님의 평안이 흔들리는

내 마음을 덮어주심을 믿습니다.

　"아무것도 염려하지 말고 오직 모든 일에 기도와

간구로, 너희 구할 것을 감사함으로 하나님께 아뢰라"

(빌립보서 4:6)

행함의 기도

기도하는 사람은 말이 적고,

손이 움직입니다.

그는 말보다 행동으로,

말보다 삶으로 주님을 따릅니다.

기도하지 않는 사람은 변명과 이유로 시간을 채우며,

그 마음은 흔들리기만 합니다.

참된 믿음은 조용히 걸어가는 길,

기도와 행함이 만나

삶 속에서 열매 맺는 길입니다.

주님,

내 입술보다 내 손길이

주님의 사랑을 전하게 하소서,

말보다 행동으로

주님의 뜻을 이루게 하옵소서.

"그러므로 누구든지 나의 이 말을 듣고 행하는 사람은

반석 위에 집을 지은 지혜로운 사람과 같으리니"

(마태복음 7:24)

하나님의 선물

삶은 시간 속에 주어진 하나님의 선물입니다.

지나간 날들은 다시 돌아오지 않습니다.

잘된 기억에 머물면 자랑과 교만이 되고,

잘못된 기억에 머물면 마음의 올무와 걸림돌이 됩니다.

오직 지금,

그리고 앞으로 맞이할 날 들만이

우리에게 주어진 소중한 선물입니다.

이제 뒤돌아보는 마음을 내려놓고

앞으로 나아갈 길을 바라봅니다.

흐르는 시간에 연연하지 않고,

앞으로 펼쳐질 하나님의 새 일을 기대하며

믿음의 발걸음을 내딛습니다.

"푯대를 향하여 그리스도 예수 안에서 하나님이

위에서 부르신 부름의 상을 위하여 달려가노라."

(빌립보서 3:14)

피조물

새들은 하늘의 품 안에서 자유로이 날고,

꽃들은 바람의 숨결 따라 조용히 피어납니다.

나는 종종 남들처럼 살려 애쓰다

주님이 빚이신 나를 잊곤 합니다.

하나님,

저도 자연처럼 조용히,

제 자리에서 주님의 뜻을 피워내게 하소서.

공중의 새가 주의 손에 안기고,

들의 꽃이 주의 사랑에 물들 듯,

저 또한 있는 그대로 주님의 기쁨이 되게 하소서.

세상이 정한 기준이 아닌,

주님이 부르신 길 위에서

순종의 노래를 부르게 하소서.

"내가 너를 내 손바닥에 새겼고 너의 성벽이 항상 내 앞에 있나니."

(이사야 49:16)

에덴동산

에덴의 정원에서부터 인간의 마음을 흔든 것은

사탄의 교묘한 무기,

"의심" 이었습니다.

의심은 눈에 보이는 것만 바라보게 하고

보이지 않는 진리를 믿지 못하게 합니다.

그 속에서 인간은 흔들리고 마음의 길을 잃습니다.

그러나 믿음은 눈에 보이지 않아도

진리와 사랑의 실체를 붙드는 등불입니다.

하나님의 말씀 안에 서면

의심의 그림자는 사라지고

빛으로 길이 열립니다.

믿음은 보이지 않는 것을 보는 눈,

확신 할 수 없는 것을 붙드는 손,

흔들리는 마음을 붙드는 힘입니다.

"믿음은 바라는 것들의 실상이요 보지 못하는 것들의 증거니라."

(히브리서 11:1)

감사의 향기

고요한 밤, 내 마음에 주의 편안이 내리고,

세상은 조상을 향해 절하지만

나는 하늘을 향해 마음을 엽니다.

세상의 소리가 말합니다. "이 정도는 괜찮지 않겠느냐...."

그러나 내 영혼은 압니다. 진리의 길은 타협이 아니라

빛을 향한 결단임을.

나의 시작보다 먼저 나를 지으신 분,

먼지 같은 나를 품으시고

생명의 숨결을 불어 넣으신 하나님,

그분의 손길이 오늘도 내 하루를 따스히 붙드십니다.

그러기에 나는

돌과 나무 앞에 무릎 꿇지 않습니다.

오직 주님 앞에, 감사의 향기를 올려드립니다.

그분의 사랑이 나의 노래가 되고,

그분의 은혜가 나의 예배가 됩니다.

"너는 나 외에는 다른 신들을 네게 두지 말라."

(출애굽기 20:3)

주님의 빛

오해는 남이 씌운 안개가 아니라
내 마음이 만든 그림자.
스스로 높아질 때 보아야 할 것을 보지 못하고
들어야 할 것을 듣지 못합니다.
교만은 눈을 가리고,
겸손은 길을 엽니다.
하나님의 말씀 앞에 낮아질 때
흐릿했던 길이 밝아지고,
스스로 속였던 마음이
풀려납니다.
진전한 지혜는 내가 옳음을 주장하는 데 있지 않고
주님의 빛 안에 잠잠히 서는 데 있습니다.
　"하나님이 교만한 자를 물리치시고 겸손한 자에게
은혜를 주신다 하였느니라."

(야고보서 4:6)

나의 목자

뒤돌아본 길은 이미 스쳐 지나간

그림자요,

되돌릴 수 없는 발자취일 뿐입니다.

그러나 내 앞의 길은 아직 채워지지 않은 하나님의 약속,

아직 펼쳐지지 않은 은혜의 길입니다.

주님은 내 걸음을 새롭게 하시며,

광야에도 길을 내시고

마른 땅에도 생수를 터뜨리십니다.

그분은 나를 과거의 사슬에서 풀어 주시고,

아직 보지 못한 내일을 열어 가십니다.

그 손이 지금 내 앞에 있습니다.

"그러므로 누구든지 그리스도 안에 있으면 새로운

피조물이라 이전 것은 지나갔으니 보라 새 것이

되었도다."

(고린도후서 5:17)

소명의 삶

소원을 쫓는 이는 바람에 흔들리지만,

목적을 쫓는 이는 바람 속에서도

길을 잃지 않습니다.

뒤에 있는 것을 매달리면 발걸음은 무거워지고,

시선은 흐려집니다.

그러나 앞을 바라보는 이에게는

매 순간이 배움이 되고,

모든 발걸음이 소망이 됩니다.

삶의 길 위에서,

작은 실패와 좌절 속에서도

주님께서 주신 빛을 따라

한 걸음씩 푯대를 향해 나아갑니다.

오늘도 나는

뒤를 돌아보는 마음은 내려놓고,

조용히, 그러나 단단한 결단으로 앞을 향해 나아갑니다.

"주의 말씀은 내 발의 등이요, 내 길에 빛이니이다."

(시편 119:105)

쉼

주님,

집을 떠난 물건이 빛을 잃듯, 사람이 떠난 자리에는

고요한 그리움만 남습니다.

그러나 주님을 떠난 영혼은

바람조차 머물지 못하는 들판처럼

메말라 길을 잃고 방황할 뿐입니다.

그럼에도 불구하고,

주님의 품은 언제나 열려 있습니다.

돌아오는 발걸음을 사랑으로 맞이하시며,

잃었던 생명에 다시 빛을 주시고

감사의 노래를 회복하게 하십니다.

오늘도 저는

주님께로 돌아가는 길 위에 서 있습니다.

작은 숨결, 작은 걸음마다 감사로 채워지게 하시고,

그 평안 속에 제 마음을 쉬게 하옵소서.

**"수고하고 무거운 짐 진자들아 다 내게로 오라 내가
너희를 쉬게 하리라."**

(마태복음 11:28)

별

스스로를 다스린다는 건
밤하늘 별을 세는 일,
끝이 없고 외로운
길입니다.
남을 고치려는 외침보다 나를 바꾸는 침묵이
더 큰 용기를 요구합니다.
내 안의 그림자를 마주할 때
무너지는 고요 속에서
나는 비로소 나를 배웁니다.
그러나 낮아진 마음 위로
주님의 빛은 스며들어
눈물은 희망이 되고
상처는 사랑이 됩니다.
　"너희 안에 이 마음을 품으라 곧 그리스도 예수의
마음이니."
(빌립보서 2:5)

흔들림

바람은 빈 가지를 흔들지 않는다.

열매가 맺히는 가지만

더 크게 흔들린다.

흔들림은 약함이 아니라

자라남의 증거이고,

무너짐이 아니라

더 깊이 뿌리 내리라는 하나님의 부르심이다.

그러므로 나는 두려워하지 않는다.

흔들림 속에서도

주님은 나를 붙드시며,

성령은 내 곁에서 기도로 나를 일으키신다.

"내 은혜가 네게 족하도다. 이는 내 능력이 약한데서

온전하여짐이라."

(고린도후서 12:9)

축복의 강물

혀는

꽃잎처럼 부드럽지만 칼날처럼 날카로워

사람을 살리기도 하고 죽이기도 한다.

말은

돌아오지 않는 화살 같아

한순간에 상처가 되고

또 한순간에 치유가 된다.

그래서 나는 기도한다.

내 혀가 저주가 아니라

축복의 강물이 되게 하소서.

내 입술에서 흘러나오는 말이

누군가의 밤을 밝히는 등불이 되게 하소서.

"죽고 사는 것이 혀의 힘에 달렸나니 혀를 사랑하는 자는 그 열매를 먹으리라."

(잠언 18:21)

사랑이 머물 때

불은

난로 안에 있을 때 조용히 세상을 덥힌다.

그러나 그 자리를 벗어나면

따스함은 순식간에 상처가 되고 만다.

사랑도 그렇다.

하나님의 사랑이 내 안에 머물 때,

나는 소리 없이

누군가의 긴 겨울을 녹여내는 봄이 된다.

사랑은 드러내는 것이 아니라

머무는 것이다.

"우리가 사랑함은 그가 먼저 우리를 사랑하셨음이라."

(요한일서 4:19)

기쁨을 찾아서

소유는 영원하지 않으니

손을 펴 나누어라,

사랑을 주어라.

세상의 것,

잠시 머물다가 다시 떠날 그 길에

남는 것은 오직 마음과 사랑뿐,

가난한 자,

외로운 자에게

주어진 축복을 아낌없이 나누어

하나님의 뜻을 이루며 그 안에서

진정한 기쁨을 찾아가리라.

모든 것이 지나가도 사랑만은 영원히 남으리.

그 사랑 안에서 당신은 이미 축복받은 사람.

오늘도 나누며 새로운 시작을 맞이하리.

"네 재물을 주는 것에 인색하지 말라. 그렇게 하면 네 하나님 여호와께서 네 모든 일과 네 손이 닿는 모든 것에 복을 내리시리라."

(신명기 15:10)

깊은 울림

생각으로 하는 사랑은

요란하고 복잡하지만,

마음으로 하는 사랑은

소리 없이 흐릅니다.

그 사랑은 눈에 보이지 않아도,

세상 모든 이에게 깊은 울림을 남깁니다.

하늘은 하나님의 영광을 드러내고,

별들은 그분의 손길을 보여줍니다.

낮은 낮에게 속삭이고,

밤은 밤에게 지혜를 나누며,

그분의 사랑은 모든 곳에 퍼집니다.

"하늘이 하나님의 영광을 선포하고 궁창이 그의 손으로 하신 일을 나타낸다."

(시편 19:1)

사랑으로

과거를 기억하며 하나님의 손길에 감사하고,

지나온 길을 회개하며,

오늘을 기회로 사랑을 나눈다.

미래의 소망을 기대하며,

영생의 빛을 품고

현재를 살아가는 삶,

후회와 심판 없이

하나님의 은혜로 채워진 오늘을 살아간다.

사랑은 그 무엇보다 중요하며,

오늘을 사랑으로 살아가면

그 사랑이 내일을 밝히리.

"믿음, 소망, 사랑 이 세 가지는 항상 있을 것인데 그 중의 제일은 사랑이라."

(고린도전서 13:13)

언약

좋은 기억을 간직하면,

삶은 늘 빛나고,

억울한 기억에 얽매이면

우리는 그 기억 속에서 살아가게 됩니다.

하나님이 주신 기억은

어려움 속에서도 희망을 잃지 않게 하시고,

폭우 속에서도 무지개를 기억하며,

그 약속을 믿고 견디게 하십니다.

고난 속에서도,

하나님의 신실한 언약을 기억하며,

그 약속을 믿고 오늘을 살아갑니다.

 "무지개가 구름 속에 있을 때, 그것은 하나님과의
영원한 언약을 기억하는 표시입니다."

(창세기 9:16)

익숙함

소중한 것에 익숙해지면,

그 익숙함 속에서 그 가치를 잃게 됩니다.

말씀도,

기도도,

찬양도,

구원의 은혜와 예수님의 보혈도

그렇게 자주 잊히는 소중한 것들입니다.

우리는 그 소중함을

당연하게 여기지만,

그 은혜를 기억하며 살아가야 합니다.

하나님께서 주신 은혜와 사랑을

잃지 않도록 늘 새기며

살아가게 하소서.

"하나님의 말씀을 버리면, 우리는 그 은혜를 잃게 됩니다."

(사무엘상 15:23)

영원의 길

지혜가 가리킨 길을

어리석은 자는 손가락만 바라보며,

진정한 길을 보지 못합니다.

우리는 눈에 보이는 것에 흔들리지만,

보이지 않는 진리가 우리를 이끕니다.

보이는 것은 잠깐, 보이지 않는 것은

영원하기에,

우리는 영원의 길을 따라가야 합니다.

하나님,

눈에 보이는 것에 속지 않게 하시고,

보이지 않는 영원한 진리를

우리 마음속에 새기게 하소서.

"보이는 것은 잠시, 보이지 않는 것은 영원하다."

(고린도후서 4:18)

부활의 생명으로

죽음이 이긴 줄 알았던 그 어두운 새벽,

무덤은 열리고 생명이 일어났습니다.

그 분은 살아나셨고

우리는 헛된 믿음이 아닌 영원한 소망을 붙듭니다.

내 죄를 짊어지고 십자가에 달리신 주님,

죽음을 이기고 부활하신 주님,

이제는 나도 그 부활의 생명으로 새날을 살게 하소서.

두려움 대신 담대함을,

절망 대신 기쁨을,

죄의 사슬 대신 자유를 주님 안에서 누리게 하소서.

부활하신 주님,

오늘도 나와 함께 계신 주님,

이 믿음으로,

나는 다시 일어납니다.

"나는 부활이요 생명이니 나를 믿는 자는 죽어도 살겠고 무릇 살아서 나를 믿는 자는 영원히 죽지 아니하리니 이것을 네가 믿느냐."

(요한복음 11:25~26)

마음이 머무는 곳

가까움은 거리에 있지 않습니다.

멀리 있어도 마음이 닿는 사람,

바로 그런 사람이 우리 곁에 있습니다.

요나단과 한 소년,

세상이 보기엔 너무도

연약한 두 사람이 믿음 하나로 길을 내었습니다.

그들 사이에 흐르던 건 말 없는 약속,

그리고 하나님의 손길이 있었습니다.

때로는 가까이 있어도 멀게 느껴지고,

멀리 있어도 마음이 가까운 이들이 있습니다.

그 비밀은,

마음이 머무는 곳에 있습니다.

진심으로 연결될 때,

거리는 사라지고 우리는 진짜 가까워집니다.

**"두 사람이 한 사람보다 나음은 그들이 수고함으로
좋은 상을 얻을 것임이라."**

(전도서 4:9)

침묵

지금은 선지자도, 예언자도 들리지 않고

말씀 사이로 불어오는

성령의 속삭임만이 우리 마음을 두드립니다.

주님은 고요히 우리의 믿음을 저울에 달아보시고,

회개의 시간을 은혜로 허락 하십니다.

이제는 살아보려 애쓸 때가 아니라 예수님을 맞이할 마음의

등불을 켤 때입니다.

자신을 돌아보는 고요한 침묵 속에서

주님의 발자국을 기다립니다.

하나님은 양과, 염소를,

알곡과 쭉정이를 바람 속에서 나누십니다.

흩어지는 세상의 바람속에서도 진실은 남고, 믿음은 빛납니다.

주님, 저를 알곡 되게 하소서. 당신의 곳간으로 인도하소서.

"회개하라, 천국이 가까이 왔느니라."

(마태복음 4:17)

그 말씀 한 줄이 내 영혼을 흔들고, 오늘을 살게 합니다. 나는

주님의 꽃, 작고 연약 하지만 당신의 손길로 피어난 존재,

오늘도 그 사랑 안에 조용히 머뭅니다.

다가가는 용기

사랑은 기다리지 않습니다.

먼저 문을 열고,

먼저 손을 내밉니다.

사랑은 받을 자격을 묻지 않고

줄 자격만 바라보는 마음,

그저 다가가는 용기입니다.

하나님은 그런 사랑으로

먼저 우리에게 오셨습니다.

우리가 그분을 찾기도 전에

우리가 사랑하기도 전에

그분은 아들을 내어주시고

우리를 품으셨습니다.

"사랑은 여기 있으니 우리가 하나님을 사랑한 것이
아니요 하나님이 우리를 사랑 하사 우리 죄를 위하여
화목제물로 그 아들을 보내셨음이라."

(요한일서 4:10)

밤 바다

밤이 깊을수록 별은 더욱 빛나듯, 인생의 고난이 깊어질수록 하나님의 은혜는 더욱 강하게, 더욱 선명하게 빛납니다. 형통할 때는 그 은혜가 가려져 보이지 않지만, 고난의 때,

아픔 속에서 그 은혜는 불꽃처럼 타오르며 우리의 길을 비추고, 우리를 일으켜 세웁니다. 고난은 결코 우연이 아니며, 그 속에서 하나님의 뜻이 이루어집니다.

고통의 순간, 우리는 하나님의 크고 깊은 사랑을 더욱 실감하며, 그 사랑이 우리를 강하게 만듭니다.

하나님, 형통한 날에는 겸손히 감사하게 하시고, 곤고한 날에는 그 고난 속에서 당신의 뜻을 깊이 묵상하게 하소서.

고통 속에서도, 우리는 반드시 이겨낼 것입니다.

그 안에서 더 강하게, 하나님의 은혜가 우리를 붙잡기 때문입니다.

"여호와의 생각은 너희의 생각과 다르며, 너희의 길은 내 길과 다르니라. 이는 하늘이 땅보다 높음 같이 내 길은 너희 길보다 높으며 내 생각은 너희 생각보다 높으니라."
(이사야 55:8~9)

고난의 바람이 불 때마다 하나님의 섭리를 믿고, 그 길을 따라가겠습니다. 어떤 시련도, 어떤 고통도 하나님의 뜻 안에서 승리할 수 있음을 굳건히 믿습니다. 오늘도, 내일도, 주님의 은혜가 우리를 인도함을 믿고, 감사하며 나아갑니다.

치유의 빛

은혜가 없다면, 작은 상처 하나에도 우리는 흔들리고,

고통 속에서 길을 잃는다.

세상의 바람에 쉽게 넘어지고,

그 고통은 깊어져만 간다.

그러나 은혜가 우리를 감싸면,

상처는 치유의 빛을 발하며, 그 아픔은 새로운 힘이 된다.

은혜로 우리가 다시 일어설 때, 고통은 성장의 발판이 되고,

상처는 우리의 믿음을 더욱 굳건히 만든다.

하나님의 은혜는 우리에게 주어진 선물,

그 은혜가 우리를 구원으로 이끌고,

우리를 이 땅에서 강하게 세운다.

"너희가 그 은혜를 인하여 믿음으로 말미암아 구원을
얻었나니, 이것이 너희에게서 난 것이 아니요, 하나님의
선물이라."

(에베소서 2:8)

그 은혜 속에서 우리는 어떤 고난도 두렵지 않다.

모든 고통은 하나님께서 우리를 더욱 강하게

만드시는 과정임을 믿고,

그 길을 믿음으로 걸어가리라.

어리석음

어리석은 자는 자신의 손을 자랑하며

스스로의 힘을 노래합니다.

그러나 지혜로운 자는 압니다.

아무리 많은 빛을 품고 재물을 쌓아도,

주님이 함께하지 않으시면

그 길에는 미래가 없다는 것을,

떨어진 잎사귀 하나가 바람에 실려 흩어지듯,

하나님을 떠난 사람의 길은

바람에 흩어지는 먼지처럼 사라집니다.

주여,

제 걸음을 주께 드리오니

주의 손으로 저를 이끄소서.

오직 주의 뜻 안에서만 제 영혼이 숨을 쉽니다.

"너는 마음을 다하여 여호와를 신뢰하고 네 명철을
의지하지 말라. 너는 범사에 그를 인정하라, 그리하면
네 길을 지도하시리라."

(잠언 3:5-6)

행복을 피우리

많이 가진다고 해서
마음이 평안해지는 것은 아닙니다.
비록 조금 가진 삶일지라도 만족을 배울 때,
그 안에서 진정한 행복이 피어납니다.
자족은 마음의 쉼이며,
풍요와 궁핍 속에서도
하나님의 손길을 바라보게 합니다.
배부름과 배고픔,
넉넉함과 부족함 속에서
나는 배움을 얻고 평화를 배웁니다.
그리고 능력 주시는 주님 안에서
모든 것을 감당할 수 있음을 압니다.
"여호와는 나의 목자시니 내게 부족함이 없으리로다.
그가 나를 푸른 풀밭에 누이시며, 쉴만한 물가로
인도하시도다."
(시편 23:1-2)

정이삭 제1시집

무지개의 기억

정가 15,000원